ちいさな襟

岡本幸緒歌集

青磁社

ちいさな襟＊目次

装幀　花山周子

ちいさな襟

岡本幸緒歌集

夏の茗荷

ゆっくりと近づいてくる夏の雲　雨もちしまま遠ざかりゆく

包丁を研ぎたるのちに切る茗荷　輪切りの赤が水にちらばる

忘れてはならないことがひとつ増ゆ　夏の茗荷の旬は八月

夕暮れに気温下がらず豆腐屋は長月尽の閉店きめる

秋雲がえくぼに見える洛北に十月桜が咲いていたりき

コスモスの枯れてしまった鉢植えの土をカラスがけちらしてゆく

あたたかき秋

とっぷりと秋になりたり真昼間に喉のかわかぬ時間が過ぎる

パスポートにはさみこまれたメモ用紙そのまま顧客に返却したり

空はもう見飽きたからと飛行機の通路側席えらぶ人あり

しずしずとプリンターに差し込みぬ半紙のごとき指定用紙を

コピー紙のサンプル数種とりよせて白さが際立ちすぎるをよける

明日送る予定の書類をつくりたり日付はすでに明日にかえて

思い出の中洲と呼べり秋の日の横断歩道にとりのこされて

肩にかけ鏡に映し小さめの三日月型のバッグを選ぶ

あの秋を覚えていたりハロウィンが流行り始めしあたたかき秋

U字の磁石

屋根瓦に降り積もる雪　昼過ぎは市松模様に変わりていたり

何を祈るというわけでなく手袋をはずしポストに手紙をおとす

使用済み切手をためて年末に寄付する慣いいつしか失せぬ

ふるさとを離れるわれの針箱に母はU字の磁石を入れる

少しだけ視力が落ちている冬に心あたりを聞かれておりぬ

歯を見せて微笑むことはしたない祖母が子供のころのにっぽん

葉桜もきれいですよと勧められ啓翁桜を二枝買えり

真夜中も春一番はおさまらず家をきします音続きおり

読み慣れぬ新聞歌壇を読んでみる旅のひとつの楽しみとして

ぬばたまの朔の夜空の下で聞く月に地震があるということ

山奥に分け入るごとしひんやりと廊下を渡り阿弥陀に会いぬ

掛け軸に描かれているやまざくら崖から川を見下ろしており
この寺に眠る局の由緒書き読み終えあなたは歩き始める

朝　顔

封筒をペーパーナイフで次々と開いて始まる月曜の朝

コピー機が原稿を読むガラス面水拭きののち乾拭きをする

親展のスタンプ赤くにじみたる検診結果の封書が届く

朝顔の成長日記を思い出す要観察の文字を見るとき

子規庵に住んでもいいと言う友に籠の鶉は驚いている

陽光の届かぬ部屋にかけられた正岡律の年譜を読めり

見送られることの苦手なともだちを改札口に今日もからかう

朝顔の几帳面さが日没の十時間後に花を咲かせる

糸底

膝掛けに両手さしこみパソコンが起動するまでぼんやりと待つ

さしつかえなければ教えて下さいと個人情報聞き出しており

返信のメールを打ちぬゆるやかに優先順位を入れかえながら

湯湯婆にアキレス腱をおしあてて足の先から眠りにおちる

うつぶせのご飯茶碗の糸底に冷たい水が残りていたり

方法は他にもあると気づきたりからすがれいをほぐす最中に

紙に触れてばかりの師走　指先に細かい傷を残して終わる

淋しさは不幸せとは異なれり冬の陽差しの角度のように

加湿機の湯気の流れを見ていたり歯科医の椅子に待たされながら

左手のみ手袋をして立春の電車の中に歌集を読めり

桜の切手

ネットにて知りしニュースを夕刊に確かめしのち実感となる

おしよせる不安をおさえる術《すべ》として冷たい水に手をひたしおり

春風の透き間を縫ってくるような交信音のような耳鳴り

フランスパンかみしめておりやわらかきものに心がひかれぬように

あのころはあのころなりに大切と思いていていたる切り抜きを捨つ

昨日なら違う答えであったろう該当個所にレ点を入れる

どちらともいえないという選択肢ばかり選んでアンケート終う

封筒を差し出しながら東北の桜の切手もあわせて買いぬ

立ち止まるべきではないと思うから次の信号までを歩けり

福島の桃

ボタンつけしているさなか地震来て針山に針もどしていたり

糸か虫か分からぬ黒き物体へ人差し指をちかづけてゆく

習慣は変えられるもの梅雨晴れの明るき窓辺に新聞を読む

どくだみを植えたつもりはないけれど夏の庭にはどくだみが咲く

大丈夫きれいですよと都市ガスの炎ほめられ点検終わる

掃除機とわたしを壁に立てかけて追悼号を数ページ読む

水飲みに起きる夜中のキッチンに福島の桃ことしも匂う

文字盤を思い描いてたしかめるデジタル時計が示す時刻を

常設展

どちらからあなたはやってくるのだろう橋の真中で日傘をまわす

早口で不安をあなたに告げながら何が不安かだんだん分かる

打ち明けるときに視線を外すためフルーツタルトの生地はかたかり

丁寧に珈琲入れしマスターがエレベーターまで見送りくるる

22℃に保たれている展示室ささやき声が寒いと言えり

みぎななめ45度からもう一度「天文学者」の横顔を見る

西欧の十七世紀の油絵の少女もわれもショールをまとう

半券を示して入る常設展　平常という静けさがある

待つことも待たせることも知っている雌の蛍はゆっくり光る

体力

秋の陽が床にひろがる古書店の西原理恵子は「な」の棚にいる

みちのくの若布を水に放ちたりほどけゆく間にお湯をわかして

金曜は夕暮れに似てずんずんと私のなかに疲れがたまる

目を開けることも体力　疼痛が鎮まるまでを目を閉じて待つ

うつぶせの携帯電話がテーブルに長き汽笛を鳴らしていたり

ウィキペディアに探しきれない戦前の歌人の名前ひとつ覚える

止まり木に羽やすませてデパ地下に三十品目ジュースを飲めり

この秋に美術館はよみがえる赤い煉瓦の駅舎の中に

ハロウィンにうかれ始める街ぬけて十月桜を探しにいかな

手暗がり

ゆうまぐれ傘は重たくなるものを霙は雪に分類さるる

新年より新聞かえて文体に慣れないままに二週間過ぐ

読書灯ともしてできる手暗がり数行ごとにずらしてゆけり

すきま風に気づくのは冬　読めるけれど書けない漢字が増えてゆく冬

トラックが「月の砂漠」を流しつつ灯油を売りに来る街、東京

今よりも勇気がありき十代はマッチをすりてストーブつけて

なくさないように切符を手袋に入れていたりき幼いころは

レジ袋ちいさく折りてためてゆく癖を持ちたり母もわたしも

枝分かれしつつ広がる淋しさは指の先からこぼれてくれぬ

久しぶりと言いて夢から目覚めたり　だれか分からぬひとの背中に

えりもとをかきあわす冬つかまりしロシアのスパイのその後を知らず

なんじゃもんじゃ

勧められるままに受けたる視野検査　暗闇の中ひかりを追いぬ

ひと月ののちも悩んでいるのなら価値ある悩みと言われていたり

薬指以外の指をもんでいる本を持たない電車の中で

言い訳になっていないとふたりづれのひとりが言いて電車を降りる

花のなきなんじゃもんじゃの木の下に母を立たせて写真を撮りぬ

ひとり暮らしの老人ばかりの町内会ゴミ当番は平等に来る

その下の下敷きまでを意識して四枚複写の書類を書きつ

なかなかに日は暮れぬからうっかりと日の暮れるまで残業をする

船待ち

午後九時の新幹線にねむりおり川越えるたび薄くめざめて

渓谷を揺れつつのぼるロープウェイ樹々のにおいが濃くなってゆく

霧雨の水平線を見ていたり展望デッキに髪をおさえて

さっきまで見ていし海のその果てに今年最初の台風生るる

櫛の歯を数える歌をくちずさむ日傘を低くひきよせながら

もういちど言われてみたし自転車をおしつつ歩くような速さで

半日を島で遊びし夕暮れの迎えの船は定刻に来る

船待ちに君の忘れし夏帽子　旅の写真に残りていたり

道行き

道行きを決意したるはこのあたり江戸の古地図をたどりてゆけり
ぼかされたままの結末　数ページ前の会話を確かめてみる

ピンと来ない理由をうまく言えなくて楠の実の黒きを見上ぐ

あきぞらとルビのふられる旻の文字なにか楽器を習いたくなる

モンブランにフォークを入れてともだちは終着駅が好きだと言えり

疼痛の中に冬あり冬くれば冬の痛みがくるかもしれぬ

眼の色は栗色という記載ありフランス人のパスポートには

冬鳥に尋ねてみたし見つからぬロシアの飛び地までのルートを

浜　雪

除夜の鐘つかず初日も見ぬままの一世《ひとよ》と母は静かに言えり

何歳まで染めていたのか浴室に銀ねず色の髪をひろえり

伝言がなければじっと灯るのみ留守番電話の赤きランプは

何年も開かぬ重き広辞苑なにか育っているかもしれぬ

抜かざれば棘は巡りて心臓にいたる迷信しんじていたり

北窓に雪を見ておりこの冬は右のひかがみ時折いたむ

携帯《けいたい》電話をおそろいにして使い方教えていたり父の晩年

山よりも海辺に多く降り積もる今年の雪を浜雪と呼ぶ

筆箱

「こととい」も「ことといばし」も一度では変換できぬことを哀しむ

風つよき雨水の朝に鷗外の手紙見るため坂を登れり

鷗外が娘に宛てた葉書にはルビつきの文字並びておりぬ

ペン先はつっかかりつつ書き進む　越前和紙の便箋の上

開けざれど前に座りて見つめおり父の日記の眠るひきだし

春ごとに筆箱替える習慣は昭和とともに消えてしまいぬ

引き算が苦手でありき借りるという言葉にいつもこだわりすぎて

さんづけで父は呼びていたりけり一円切手の前島密

暖冬のあの冬をまた思い出す暮れの八百屋に菜の花ならぶ

同じ家に住んでいながら年賀状かわしていたり父と私は

飛べない鴉

花冷えに首をすくめて四月朔日《わたぬき》は上手な嘘をつかずにすぎる

机から落ちてゆきたる広辞苑まだ見ぬ頁に折れ目がつきぬ

結果としてそうなっただけハナニラは帰化植物と位置づけられる

骨密度のみほめられていたりけり所見欄は埋めつくさるる

バースデーカードのようにカラフルな診察券がふえてゆきたり

同じ服同じバッグで明日また会う人たちと通夜を別れる

何年か後に知りたりその家は飛べない鴉を飼っていた家

覚えているよりも忘れていることが多くなるころ思い出になる

確率は七分の一しかれども大事なひとは木曜に逝く

透き通らぬ杏仁豆腐に閉じ込めし嘘がわたしの喉を流れる

青空文庫

行きよりも帰りは重くなる鞄　旅支度から旅は始まる

海側の席をえらべりやまびこの海の見える区間はわずか

三叉路に祠があれば祈りたり傘さしたままこうべをたれて

海風にさらされており役割をとうに終えたる白き灯台

あられふる鹿嶋の浜を南限に自生の赤きハマナスが咲く

目を閉じて波打ち際に立ったまま潮のにおいを確かめている

はじめてのように再び読み返す青空文庫の宮沢賢治

明日の予定を声に出しつつ水圧の弱きシャワーをいつまでも浴ぶ

ここちよき疲れは残り旅先にフットライトを灯して眠る

子供のにおい

小説の最初に一度あらわれた通行人のような思い出

みずからの病気の話をおりまぜし候補者の声遠ざかりゆく

勝ち気とはおんなこどもに言う言葉　テレビの声にふりかえりたり

洗濯物たたむわずかな時間にも手のうるおいは奪われてゆく

ひとつきの夜間工事は完了し車道と歩道なめらかになる

鉛筆をもちあげそのまま下におく白票という選択肢あり

美容室に髪切られつつ読む歌集すきまの多き本と言わるる

秋彼岸電車にのりて遠出する床の陽射しに脚あたためて

駅ごとに駅名を言う子供たち降りて子供のにおいが残る

出張の一週間を過ごす部屋　友は黄色い花を置きたり

食べて笑って秘密をひとつ打ち明けて老眼鏡の度を比べ合う

テイクアウト

北国の花のすくなき冬のため絵つきろうそく売られていたり

ああなんてきれいと雪にふれるのはいつかはやむと信じているから

目が覚めて目を閉じたまま手を伸ばす眼鏡の弦《つる》は耳に冷たし

モノクロの馬酔木の花が咲いている国語辞典の左の隅に

長旅になるかもしれぬ一通を雪のポストにゆっくりおとす

忘れてもいい出来事を思い出す郵便番号五桁のころの

切り替えが上手になりぬ数秒間まぶたを閉じて開いて忘る

思い切り後悔をして立ち上がる　月が明日からふくらむように

冬咲きの十月桜の樹の下にテイクアウトのパンをほおばる

涅槃雪降るころまでに結論を出さねばならぬ多分私が

裏門

ゆび組みて眠れば怖い夢を見る　確かめる術《すべ》だれも持たざり
心配はそのまま夢になりそうで必ず指はほどいて眠る

二日目の夜には慣れてしまいたり固くて高い旅の枕に

裏門から入りて参りておみくじをひかず賑わう正門を出づ

薄暗き御堂の中に眠るもの秘仏と呼ばれ年老いてゆく

ほの白くさくら散り敷く遊歩道わたしの影が歩いてゆけり

目を閉じて耳をすましているような如意輪観音まよこから見る

たましいを抜きて身体は運ばるる　京の仏が江戸に行くとき

美術館に展示してある仏像に手をあわす人たまに見かける
声かけてみたき気持ちもありながら次の仏に歩を進めたり

雨のことば辞典

駅までの道順変える　畳屋に藍ののれんがかかるころより

飼い猫の話するとき美容師の鋏もつ手がわたしを離る

木に似せたプラスチックの傘の柄を固く握りて信号を待つ

入れ替えし電池の力を借りながら電波時計が時をあわせる

日本語は語尾が大切エアコンの風に言葉は流されてゆく

十五分探して見つからないときはしばし心を放電させる

この部屋を一歩出たならあらわれるような気がする失くしたものは

一日の作業を終えし夕暮れの道路にコールタールがにおう

絶版になりたる『雨のことば辞典』文庫となりて再版さるる

屋上の手すりにもたれていた夏を思い出さずに幾年も過ぐ

海へいたる

突端まで行きたるあとは帰るのみ潮のにおいを身体につめて

日没を機械が測り灯をともす灯台守のいない灯台

教会は塗りかえられて天辺の十字架だけが古びてゆけり

忘れ方に法則はなし十年前泊まりしホテルの名前を忘る

画廊への手書きの地図に川ありて「海へいたる」と書かれていたり

記念碑に煉瓦造りの橋脚を残すいきさつ書かれておりぬ

順路とは異なる方へ行きそうなあなたの肘をつかんでいたり

「百年の孤独あります」白茶けた張り紙のした犬がまどろむ

靴ぬぎて入る奥の間　雨の日の古民家カフェに白湯を出さるる

遠ざかる船の波跡みていたり海藻入りのバターがにおう

秋の背中

曖昧にうなずきながら印鑑の溝に埋まる朱をとりのぞく

あのときと同じケースであるゆえに数年前のファイルを繰りぬ

取消の理由、事後処理、反省点細かく書きし書類が残る

少しずつ思い出したりそのころの慌ただしさと秋のみじかさ

インク次第に薄れてそして新しきペンに替えたる跡も残りぬ

まだ海は見えないけれど海抜を示す標識ふえてゆきたり

酔い止めは眠りを誘い甲板に秋の背中はあたためられる

神社までひろいにゆけり椿の実　敷居のすべりよくするための

流されていいときもある　雑踏は立ち止まってはいけないところ
テニスコート脇の小径を歩きおり続くラリーを耳に数えて
決心をうながされている数秒間　動く歩道はもうすぐ終わる

稲　穂

歩いては行けない距離のスーパーのちらしが入る師走の朝に

車窓からの風景として純喫茶　閉店のままいまも在りたり

とっさには思い出せない町名の事故が故郷の新聞に載る

ともだちの兄がおそらく継いでいる花街の脇の店をすぎたり

玄関に初春の雪しめかざりの稲穂を雀がつついておとす

過ぎ去ればみな美しき思い出とならざるものが心に積もる

寒中のはがき一葉　帰幽という言葉を辞書に確かめており

天気予報大きく外れその後に外れし理由が説明さるる

四角く残る

永遠はどこにもないということを教えるために輪ゴムは切れる

目測《めばか》りに書類を折りぬ　折れ筋に重要事項が隠れぬように

一度だけ顧客でありし人の名を叙勲者リストの中に見つける

ひそやかな愉しみとして返信用封筒に貼る切手を選ぶ

採血は午前中なりゆうぐれに綿の形が四角く残る

天窓の上に空あり使用期限わずかに過ぎし目薬をさす

物語絵巻の中に西行はまなこ見開き剃髪さるる

数ミリは必ず残るマニキュアを捨てるきっかけ探していたり

志納の額

ほろ苦き菜の花ぎゅっとかみしめて桜にはやる心を鎮む

トンネルに会話を閉じる数十秒ひかりが見えて息を吐きおり

あのころの歌の流れるカーラジオ二番の歌詞が好きだと言えり

山門にあまたの仏いることを知りたるのちは黙してくぐる

花どきをわずかに過ぎしやまざくら志納の額をあなたに訊きぬ

こんなにも空は高くて澄んでいて内緒話がつつぬけになる

空想の生きものなれど天井の龍のまなこは生き生きとせり

何事も起こらぬ映画　桜さく季節えらびて撮影さるる

今度いつ逢えるかと訊く　開帳の弥勒菩薩と別れるときに

磁気

永遠にふれることなき場所として出窓の向こうに空間がある

マンションが建ってしまえばいなくなるクレーンの赤き首を見ており

玄関のドアを開ければ子供らに踏み荒らされたどくだみにおう

わらわらと童あつまりゆるやかに隊列くみて校舎に向かう

駅までの道を教えているさなか遮断機の音きこえてきたり

梅雨なれば川の水位を確かめる電車の窓に顔ちかづけて

どれくらい時が必要　この雨が川の底へと沈みきるまで

美容院を変えて一年それ以後は降りることなき駅を過ぎたり

住みたるは五指に満たざりどの街も梅雨のさなかに夏至のある街

枕元にカバーをかけて置いてある本の名前が思い出せない

短夜にいくども目覚め月齢を思い出せないままにまどろむ

十五年の時の長さを思いおり診察券の磁気よわくなる

ささやかな悔いを残して夏を終う歯がしみるまで梨を冷やして

馬券をにぎる

はつあきの浄水器から朝の水　三十秒間流しておりぬ

この世にはやるべきことが多すぎて月命日をたまに忘れる

雨上がりの草のにおいのバスが待つ二分の時間調整のため

伝わるか分からぬけれど思い切りマスクの中に笑顔をつくる

更地のちトランクルームまたひとつ人の住まない建物が建つ

乗り換えの駅が近づき左手がしおりひもを探し始める

一生に降り立つ駅はいくつある見知らぬ駅の北口に出づ

二度三度馬の名前をつぶやいてよりなめらかな響きをえらぶ

生きていれば今年八十　武蔵野に寺山修司が馬券をにぎる

焼酎の追加を頼み骨折後の馬の運命話し始めつ

野火止

帰国便さがしていたり乗継に失敗したる顧客のために
国籍と査証の有無をたしかめてカナダ経由の便を勧める

「他業種に転職します」もう会わぬ人への返事に悩んでいたり

変更が細かく続き夕暮れは泳いだような疲れが残る

野火止とう地名を入力するときに赤い炎が脳《なずき》に浮かぶ

モスキート音聞こえぬ耳で待ちいたり隣の駅の事故のその後を

なにごともなかったように翌朝の始発電車は定刻に発つ

事故現場にさしかかるとき顔あげて窓のむこうを見る人がいる

霙

映像とナレーションとがかみ合わぬ旅番組を音けして見る

尖塔は空を目指して建てられる　うちあけられる悩みは軽い

タイトルを思い出せない小説の中の女は土鈴を鳴らす

目を閉じて咀嚼しながら均等にらくだは瘤に悩みをつめる

軽石をくるくる回し角質をはがすようにはいかない心

わたくしがうしろをむいているうちに砂の時計は仕事を終える

不吉なる夢見しのちに口にする祓えことばをわれは持たざり

うつむかず本を読みおりパソコンの画面の中に頁をめくる

一ヶ月たてば答えの出ることに思い煩い一日が過ぐ

ともだちは少なくていい　もういちど霙のなかのさくら見に行く

除湿機

もしなにもなければ手話を習おうと思いていたる梅雨がありけり

期日前投票おえし右耳に選挙公約とおりすぎたり

ふるさとは雨多き街　条例によりて暗渠は開渠化さるる

「ちかごろは乗り物酔いはしないの？」とおさななじみに尋ねられたり

遠花火母と聞きつつふるさとのテレビに開票結果を知りぬ

似合わなくなったと言いていくつかの帽子を母は私にゆずる

便利かもしれないけれど手に負えぬものは持たないこれから先は

満水のランプのともる除湿機にご苦労様と声をかけたり

新しい心配事があらわれて今の気がかり上書きさるる

はねあげるほどの雨ではなけれども脛しっとりと湿りてゆけり

十年はひとつの区切り十年を使いしものを買い換えてゆく

メビウス

出欠の葉書に○×つけながら秋の予定は埋まりてゆけり

黒板にいたずら書きをする友の右肩あがりの文字を見ており

白墨にむせてかぶれて教師には多分ならぬと思いたる夏

ゆっくりとはなれてゆけりてのひらはフォークダンスが終わったあとの

歌詞カード見ながらアルバム一枚を聞くということひさしくあらず

呼び止めて数分話す二次会へ行かぬ理由を最初に告げて

メビウスは深き紺色あのころのマイルドセブンを思い出せない

水分が抜けて甘さを増してゆく渋柿に似つ　昔の恋は

秋の平熱

カーテンの向こうの鳥のさえずりを聞きつつ測る秋の平熱

触れたくて触れしことなし窓越しに雀の頬の白きを見つむ

掃除機のコードひゅるりと音をたてわれの心も巻きとってゆく

捨てるとき情が移りてしまうゆえ家電に名前をつけてはならぬ

引っ越しの決まりし家のベランダに体操服が今日も干さるる

台風の前にはぬるき風がふき花屋は花を片づけはじむ

新しいマンションが建ち前庭にシマトネリコの樹が植えられる

こんにちはよりこんばんはが相応しい秋の日暮れの商店街は

冬の硬貨

ひとつずつ銀杏拾ってゆくように悩みは増えて冬になりたり

薄紙に紅が透けおり若冲の鶏の描かれし睦月の暦

処分したつもりの母の本棚に「暮しの手帖」が再びならぶ

わたしから逃れるように落ちてゆくやかんのふたが床をへこます

捨てられぬ理由を探す　捨てたなら捨てたことさえ忘れるくせに

なつかしい人に会ったと言いながら母は通夜から帰りてきたり

山はだに雪の面積ふえはじめ市バスは均一料金を越ゆ

友達の数と寿命の関係の仮説を読めり読み流したり

おみなごがほおづえをつく彫像に「夕映え」という名がつけられる

乗り換えの駅のホームの缶コーヒー冬の硬貨をあつめて買えり

わかる日がいつか必ず来るからと『リトルプリンス』買いくれし姉

なにひとつ解決せぬまま冬は過ぎコートのインナー外す日が来る

ちいさな襟

日比谷線神谷町駅午前九時なだらかな坂のぼりてゆけり

角ひとつ曲がりてさらにのぼり坂　たかき塀ある大使館まで

「いまロシア、あとでゆっくり」ともだちのメールに短く返信をする

番号札とりて二時間待ちいたり査証代理申請のため

ゆうぐれの坂を知らざり領事部は午前中だけ開かれている

行きはのぼり帰りはくだり帳尻のあうようできているなり坂は

使わなくなってしまった言葉たち　ガリ版、青焼き、カーボンコピー

「要タイプ　修正不可」のきまりごと平成はじめのころはありにき

Amazon に中古のタイプライターが二万円で売られていたり

息とめてKを打つ癖なおらざりナイフのKは黙字であれば

日の暮れに専業主婦のともだちは銀座のパンを抱えて帰る

明るさは春の明るさ　きさらぎの日の入り時刻は午後五時を過ぐ

モノクロの洋画の中のタイピストちいさな襟のブラウスを着る

スクロールしながら読みぬＡＩによってなくなる職業リスト

配役に一部不満はありながら「スギハラチウネ」を録画しておく

狸穴はソ連の隠語ひるすぎの狸穴坂を下りてゆく人

国境がなくなることはないけれど査証免除の国がふえゆく

最近は使わぬタイプライターのハードケースの角がほころぶ

いくたびかオーバーホールに出しながら二十余年を使い続けき

配列の変わることなきキーボード八指をホームポジションに置く

立春をすぎて二日目　もういちどくらいは雪が降るかもしれぬ

桜雨

いちにちじゅう雨はやまぬという予報ききつつ朝の窓を開けたり

さたろうはどこへ行きしか本棚に「さたろう、どこ」と呼びかけてみる

日比谷線神谷町駅日曜日　二番出口に雨ふりつづく

増上寺の裏手に出でつ　三解脱門をめざして外周を行く

仏足石をのぞきこみたり雨粒を傘の端から落とさぬように

枝を離《か》れ雫にぬれるはなびらが仏足石の面《おもて》をおおう

やむことを忘れたような桜雨　傘をもつ手がかじかんでゆく

閉ざされし茶室の中をかつて見し記憶ありたりテレビ画面に

もうひとつ名前をつけてみたくなる胴咲き桜を写真に残す

近づけば桜は白い　はなびらに触れることなく春は終わりぬ

黒いうさぎ

奥行きの深さにしばし立ち尽くす本屋が閉じて更地になりて

何にせよ壊れるときは一瞬でもとのかたちを思い出せない

しばらくを止まりていたる救急車だれかを乗せて走り去りたり

鉄線が白く大きく咲いている納骨堂の裏の路地には

午後四時に閉じられる窓ゆうやけが納骨堂をつつみはじめる

幼より信じる迷信ひとつあり夢で死にたる人は長生き

アラビアンナイトのようなつぶやきが旅の途中の君から届く

真夜中に届いたメールを読みながら無塩バターをパンにひろげる

明日あたり長い手紙が届くから答えはみっつ用意しておく

ブロッコリーたっぷり茹でる　ともだちの黒いうさぎの月命日に

ティラノサウルス

束の間を見上げていたり花のなき秋のさくらの標本木を

頬杖をつくことはなし古《いにしえ》のティラノサウルス頬骨をもつ

歌舞伎には男の嫉妬が多きことイヤホンガイドに教えられたり

昼すぎに知らせは届きマニキュアのひかりをおとし通夜にでかける

行きがけの郵便受けにある手紙　鋏もたねば見つめるのみの

なにげない一言なれどアイロンの余熱のようにしばらく残る

知りながらかけしことなき番号がアドレス帳に長くありたり

野良犬を見なくなりたり世界からこわいものがひとつなくなる

だまし絵

冬雲の流れは速し旅に来て朝の窓辺に爪ととのえる

白湯を売る自販機がもしあったなら一度くらいは買うかもしれぬ

裏書院の襖絵のなか水を飲む二匹の虎の背骨が尖る

花の咲く前のしずけさ陽光が冬の椿の葉を照らしおり

だまし絵をふたり並んで見ていたり障子のむこうに夕暮れが来る

雨風に折れてしまいし折りたたみ傘の内側しめりていたり

ひとつずつ積み荷をおろしてゆくようなあなたの長い告白を聞く

雨にぬれたせいかもしれぬ身体から旅の疲れがぬけていかない

春のまぶた

寝る前に一錠服す吸い込みし昼の花粉をなだめるために

朝晩に目を閉じたまま触れるのみ目覚まし時計の顔を知らない

目覚ましの機能は壊れ明日からはただの時計として生きてゆく

春にはもう行かなくていい病院の桜が急に懐かしくなる

あたらしき目覚ましの音やわらかし春のまぶたをふたたび閉じる

縁側に爪を切るのは佐太郎であったと思う夢から覚めて

覚えている必要はなし歯ブラシを動かすたびに夢が遠のく

ホチキスの針

去年咲き今年は塩に漬けられて桜はなびらあんぱんに乗る

からくりの分からないままパソコンにラジオのチャンネルあわせていたり

匿名の葉書は読まぬと言うときのＤＪ少し早口になる

そのうちに心は決まる　陽炎がゆらめく間はゆらがせておく

ショッキングピンク色の消しゴムにこすられながら消えてゆく文字

ホチキスの針の正式名称を知りたる後も針と呼びたり

知らぬ間にたまりてゆける安全ピン一生涯に使えぬほどの

だれからの土産だったか分からないペーパーナイフの切れ味にぶる

二の次は二の次のままいつまでも心のすみに残りていたり

三寸二分

梅雨と風邪どちらもいずれ終わるから予定はかえず旅にでかける

眠たさにほおづえつけば手首からねり香水がかすかににおう

雨上がりの街を見下ろす山寺であなたが鳴らす夕暮れの鐘

鍵かたく閉められている厨子のなか三寸二分の秘仏がねむる

触れし手をそのままつなぎ「ほらあれ」と指さすまでは離さず歩く

線路わきのホテルに泊まりあかときの貨物列車の音にめざめる

バスタブに湯をためながら水無月の雨に遭わざる幸いを言う

それは多分だいじな言葉もう一度あなたに耳を近づけて聞く

火ばさみ

風鈴のなかの金魚は胴体に穴あけられてゆられていたり

エアコンにふたつのランプともりおり二時間たてばふたつとも消ゆ

もどかしい夢からゆっくり目覚めれば故郷の朝にせみ鳴いており

生涯に骨折れしことまだなくてその瞬間を母はおそれる

葉月尽デスクトップのごみ箱の位置を左の隅に変えたり

台風のせまりくる海ブレーキを持たない船が流されてゆく

米を持つ手をいくたびも変えながら風台風の中を帰りぬ

火ばさみに次々ひろう　台風が残してゆきし落ち葉と蟬を

あたたかなままに進んでゆく暦　信濃の国の秋映《あきばえ》を買う

ほうかしきえん

暦だけ秋になりたり戸袋の熱き雨戸をひきもどしたり

ぼんやりと腫れているのは足の甲皮膚科の女医に素足をみせる

足元に顔ちかづけて触れぬまま椅子を回してカルテを書けり

秋らしい響きをもてる病名は蜂窩織炎ほうかしきえん

「十日間、服用そして安静に。たとえば旅の予定はあるの？」

土いじり禁止されれば禅寺の枯山水の砂には触れず

途中から多分眠ってしまうだろうあなたから聞く辛亥革命

腫れはひき旅は終わりて薬袋に抗生物質のこりていたり

今日の負け方

一年中マスクをつけている人のマスクの色が時折かわる

選択肢いくつかあれば決定を先送りして週末を過ぐ

煩いをしばし忘れる踏切の警報音にせかされるとき

地鎮祭の祝詞が風に運ばれて通過列車の音にまぎれる

半日をかけて民家はこわされて夕陽のなかに黒土におう

見るものにあらざるラジオではあるがじっと見つめていることがある

次に勝つために今日の負け方を覚えておくと騎手は言いたり

アボカドのまったき種に傷いれて水栽培の水につけたり

ぼわぼわと麻酔の残るくちびるを嚙みつつキャベツを千切りにする

ボタン穴いつもきつめにあけてある姉の手あみのベストが届く

新しくすればだれかが逝くようで簞笥のなかの喪服を見つむ

ちょうどよき大きさの箱みつからず母への荷物遅れがちなる

チコちゃんに聞いてみようか夕焼けにつんと涙がこぼれる理由《わけ》を

やかんの水

うっすらと予感はありて冬のあさ雪平鍋の木の柄が折れる

モニターを見ればはっきり分かりたりバリウム検査で分からぬことが

帰り来てわずかに底に残りいるやかんの水をシンクに流す

検査結果を電話で母に話し終え母の具合を尋ね忘れる

夜の湯に開いていたり一日中にぎり続けていたような掌を

ワセリン

乗客は次第に減りて雪の降る気配のなかを故郷近づく

駅前の老舗ホテルがなくなりて空の面積広がりていつ

冬型の気圧配置はややゆるみ備前に活ける黄のフリージア

餌のなき冬であるからなかなかに逃げぬ雀に道をゆずりぬ

一年の喜怒哀楽のバランスを振り返りつつ聞く除夜の鐘

縁側につくろいものをする母はガラスの瓶にボタンをためる

東京へ戻る日ひとひ遅らせて冬の法事をひとつ終えたり

風景の見えぬ夜汽車の窓枠にポテトチップス赤箱を置く

母からの宅配便にまぎれこむ消雪管理組合規約

ささくれに塗るワセリンを探しおり長い電話に飽きてきたから

大伯父の香典返しのカタログにふるさとの米えらびていたり

指相撲

眠たさは年中われを支配して春にもっとも強力となる

湖は受け身の器　ぼんやりと雨がやむまで雨を見ており

水底の落ち葉だまりに眠りいる若葉のころの光の記憶

個人では管理できずに閉じられる美術館の庭を見ている

半円に窓は広がる戦前は朝食室でありし空間

輪郭を少しぼかして描かれる後ろ姿の画家の自画像

この画家とやがて別れる展示室の出口の光が近づいてきて

備え付け望遠鏡を動かして沖ゆく船をながめていたり

秋は霧、春は霞と言いながら漁港の町の夕暮れを行く

四人がけボックス席に向かい合い七つの少女と指相撲する

うたたねから目覚めるたびにひとつずつ旅の余韻を失ってゆく

セキレイ

浮世絵の版木は堅きやまざくら二百年後に発見さるる

絵師彫り師摺り師版元いずれにもなれざるわれは絵葉書を買う

冷蔵庫のすみに立ちいるドレッシング賞味期限は梅雨明けのころ

「あめふり」が低く流れる歯科医院　仕切りの向こうに子供が泣けり

飛び方を忘れたようにセキレイは駐車場を走り続ける

それぞれの街にふる雨もちよりて傘立ての傘ひしめきあえり

三ヶ月のちには祖母となる友と銀座通りに買い食いをする

目の前のアイスコーヒーそのなかに氷はいくつあったのだろう

うれしくて泣いているのに失恋のあとのようなる顔と言わるる

かたくななわれの小骨を抜きとりて友は西へと帰りてゆきぬ

藍が流れる

悔しさはアイスクリームの木の匙をかみしめるとき頂点となる

ことごとく壊れていたり感情を身体の外へ押し出す機能

少しずつのぞみは欠けて四つ角の夜空に月を探さなくなる

心より身体を疲れさせてゆく眠れぬ夜を終わらせるため

夢の中で何をつかんでいたのだろう目覚めの腕がずっしり重い

この夏に失ったもの　手洗いの藍の服から藍が流れる

もう少しここでぼんやりしていたい遮断機ゆっくりあがりはじめる

セカンドベスト

境内に日射しをさえぎるものはなし鈴緒をゆらし神様を呼ぶ

万人に知られてもよい願いごと四角い絵馬に書かれていたり

永遠に秘密を守ってくれそうな帝釈天の左の拳

今日までを過去と名付けて明日からのセカンドベストを探していたり

ひとつずつ変更してゆくパスワード未来の日付をおりこみながら

あとがき

第一歌集『十月桜』のあとの、約十年間の短歌を四八〇首にまとめました。日常のささいな出来事を詠ってきた十年でした。

詠んだときの気持ちと今の思いは違っていたりもします。そんな歌たちをどうしようか迷いましたが、そのときの風景もそのときの私もそのときはそれなりに本当だったのだから残すことにしました。

また、そのときの風景や風のにおいを思い出す一方で詠わなかった出来事も思い出すのはなぜなのだろう、と何度も思いました。

第一歌集に続いて花山多佳子さんに歌稿を見ていただき、花山周子さんに装幀をお願いし、青磁社の永田淳さんにいろいろ相談にのっていただきました。心から感謝しています。ありがとうございます。

塔短歌会の皆さんに、支えられて詠い続けている幸せを思います。

二〇二〇年はいままでの考え方や生き方を見直さなければいけない年になるかもしれません。

そうだとしても、たぶん私はこれからも日常のちいさな心の揺れを詠い続けていくのだと思います。

岡本　幸緒

二〇二〇年　皐月

塔21世紀叢書第367篇

歌集　ちいさな襟

初版発行日　二〇二〇年八月一日
著　者　岡本　幸緒
定　価　二五〇〇円
発行者　永田　淳
発行所　青磁社
京都市北区上賀茂豊田町四〇－一（〒六〇三－八〇四五）
電話　〇七五－七〇五－二八三八
振替　〇〇九四〇－二－一二四二二四
http://www3.osk.3web.ne.jp/~seijisya/
印刷・製本　創栄図書印刷

ISBN978-4-86198-473-0 C0092 ¥2500E